¡ESTO ES MÍO!

EDITORIAL

Editorial Bambú es un sello
de Editorial Casals, SA

© 2014 Elisenda Roca, por el texto
© 2014 Cristina Losantos,
por las ilustraciones
© 2014, Editorial Casals, SA
Casp, 79 – 08013 Barcelona
Tel.: 902 107 007
www.editorialbambu.com
www.bambulector.com

Diseño de la colección:
Estudi Miquel Puig

Primera edición: febrero de 2014
ISBN: 978-84-8343-287-7
Depósito legal: B-29051-2013
Printed in Spain
Impreso en Índice, SL
Fluvià, 81-87. 08019 Barcelona

Esta es la historia de Alejo,
un muchacho sin complejos
que todo lo que tenía
con todos lo compartía.

Nadie recuerda qué día
empezó con la manía
de no querer dejar nada.
Él, que todo lo prestaba.

Los juguetes compartía,
cualquier cosa la cedía.
¿Qué le pasa ahora a Alejo,
que dice: «No te lo dejo.
¡Esto es mío!»?

Un amigo le propone:
-¿Jugamos con tu balón?
Él se hace el remolón.
Hay que ver qué cara pone.
Dice Alejo: −No te lo dejo.
¡Esto es mío!

Si un compañero de clase
le pide que haga el favor
de prestarle algún color,
su actitud no tiene pase.
Dice Alejo: –No te lo dejo.
¡Esto es mío!

Ni hablar de darle a probar
un poco de bocadillo
a su hermano chiquitillo,
ni aunque se ponga a llorar.
Frunce Alejo el entrecejo:
—¡Esto es mío!

—¿Que tiene hambre Tomás?
Pues que le den biberón
—replica sin compasión.
—No le daré nada más.
Y que no diga ni pío
porque el bocadillo ¡es mío!

En su casa no comprenden
lo que le sucede al niño.
Y aunque mucho le reprenden,
firmes pero con cariño,
nunca consiguen que Alejo
olvide el «No te lo dejo».

El abuelo llega a casa.
–Yo ya sé lo que le pasa.
Lo que le ocurre es muy viejo:
son celos lo que tiene Alejo.

¿Puedo hablar con el pequeño
que de todo se cree el dueño?
La madre está preocupada.
–No pienso reñirle nada
–aclara con voz calmada.

Dentro de su habitación,
sentado al pie de la cama,
le observa con atención
y piensa: «Es una monada.»

Alejo está ahora en el cielo
porque él adora a su abuelo.
Le contará un lindo cuento
que le hará dormir contento.
Mientras escucha el relato,
volando le pasa el rato.
Y el pequeño se ha dormido
soñando aquello que ha oído.

Sale el sol y se despierta
viendo la puerta ya abierta.
Intenta decir buen día,
pero nota una afonía.
Nota que algo extraño pasa,
que alguna cosa anda mal.
Solo su mamá está en casa,
¡y viene a cambiarle el pañal!

Ahora Tomás es mayor
y Alejo el que está en la cuna.
¿Es un sueño? ¿Está en la luna?
El niño siente temor.

Quiere hablar pero no sabe,
las palabras no le salen.
Así que nadie le atiende
porque sus llantos no entienden.

Pronto le dan la papilla.
¡Esto es una pesadilla!
Balbucea pa-pa, ma-ma,
pero la cosa le escama.
¿Cómo es que nadie lo ve?

«¡Soy Alejo y no un bebé!»

Y ve a su hermano jugando
con sus amigas y amigos.
Intenta dar dos pasitos
mientras suelta algunos gritos:

«Tomás, ¿qué te está pasando?
Soy Alejo y nada dejo.
¡Esto es mío!»

Y de pronto, va y tropieza.
Mas no se da en la cabeza
porque su hermano le caza
al vuelo y, después, le abraza.

Juegan juntos los dos niños
con amor y con cariño,
hasta que Alejo, cansado,
adormecido ha quedado.

El abuelo le despierta
y enseguida se lo aclara.
El nieto se desconcierta:
pues vaya cosa tan rara.
Y observa que su hermanito
ya vuelve a ser pequeñito.

–Menuda experiencia, abuelo.
Hace nada, no te engaño,
andaba a un palmo del suelo
y apenas tenía un año.

–¿No será que habrás soñado
el cuento que te he contado?
Enseguida te has dormido
–dice el hombre, divertido.

Así que, en su habitación,
pronto entiende la lección.
Lejos de sentir enojo,
Alejo le guiña un ojo.

Invita a niños y a niñas
y no suelta ni una riña.
Ya no se aburrirá más.
¡Si hasta ríe con Tomás!

Y a todo el que le quiere oír
afirma: «¡Es mejor compartir!»
A partir de ahora, Alejo
dirá: «¡Sí que te lo dejo!»